AF325029

CATALOGUE

DE

TABLEAUX

ANCIENS

FORMANT LA COLLECTION DE

M. PALLU DE POITIERS

DONT LA VENTE AURA LIEU

HOTEL DES COMMISSAIRES-PRISEURS

Rue Drouot, 5, Salle n° 5

LE *MERCREDI 4 FÉVRIER 1863*

à 2 h. 1/2 précises.

Par le ministère de

Me Charles PILLET, Commissaire-Priseur, 11, rue de Choiseul,

Assisté de

M. C. ROUILLARD, Peintre-Expert, 13, rue N^{ve}-St-Étienne-du-Mont,

Chez lesquels se distribue le présent Catalogue.

EXPOSITIONS :

PARTICULIÈRE, le Lundi 2 Février 1863 ;

PUBLIQUE, le Mardi 3 Février.

CONDITIONS DE LA VENTE

Elle sera faite au comptant.

Les acquéreurs payeront *cinq pour cent* en sus du prix d'adjudication.

Le présent Catalogue servira de carte d'entrée à l'Exposition particulière.

LE CATALOGUE SE DISTRIBUE :

Chez MM.

à *Paris*	Charles PILLET, commissaire - priseur, rue de Choiseul, 11.
—	C. ROUILLARD, peintre-expert, rue Neuve-Saint-Étienne - du - Mont, 13.
—	Au bureau du journal *La Chronique des Arts*, rue Vivienne, 55.
à *Londres*	ANNOOT, Old - Bond street, 16.
—	COLNAGHI, Pall - Mall - East, 14.
—	H. DURLACHER, New - Bond street, 113.
—	FARRER.
—	J. WEBB, 22, Cork - Street, Burlington - Garden.
à *Bruxelles*	Étienne LEROY, place du Grand - Sablon, 12.
à *Rotterdam*.	LAMME.
à *Berlin*.	ARNOLD, unter den Linden, 21.
—	ASHER.
—	FIOCATI.
—	LEPKE.
—	REIMER.
à *Francfort-s.-Mein*.	LOEVENSTEIN frères, Zeil, 57
à *Milan*.	VALLARDI.
à *Vienne*	ARTARIA & Cⁱᵉ.
à *Florence*.	BALDI.

TABLEAUX

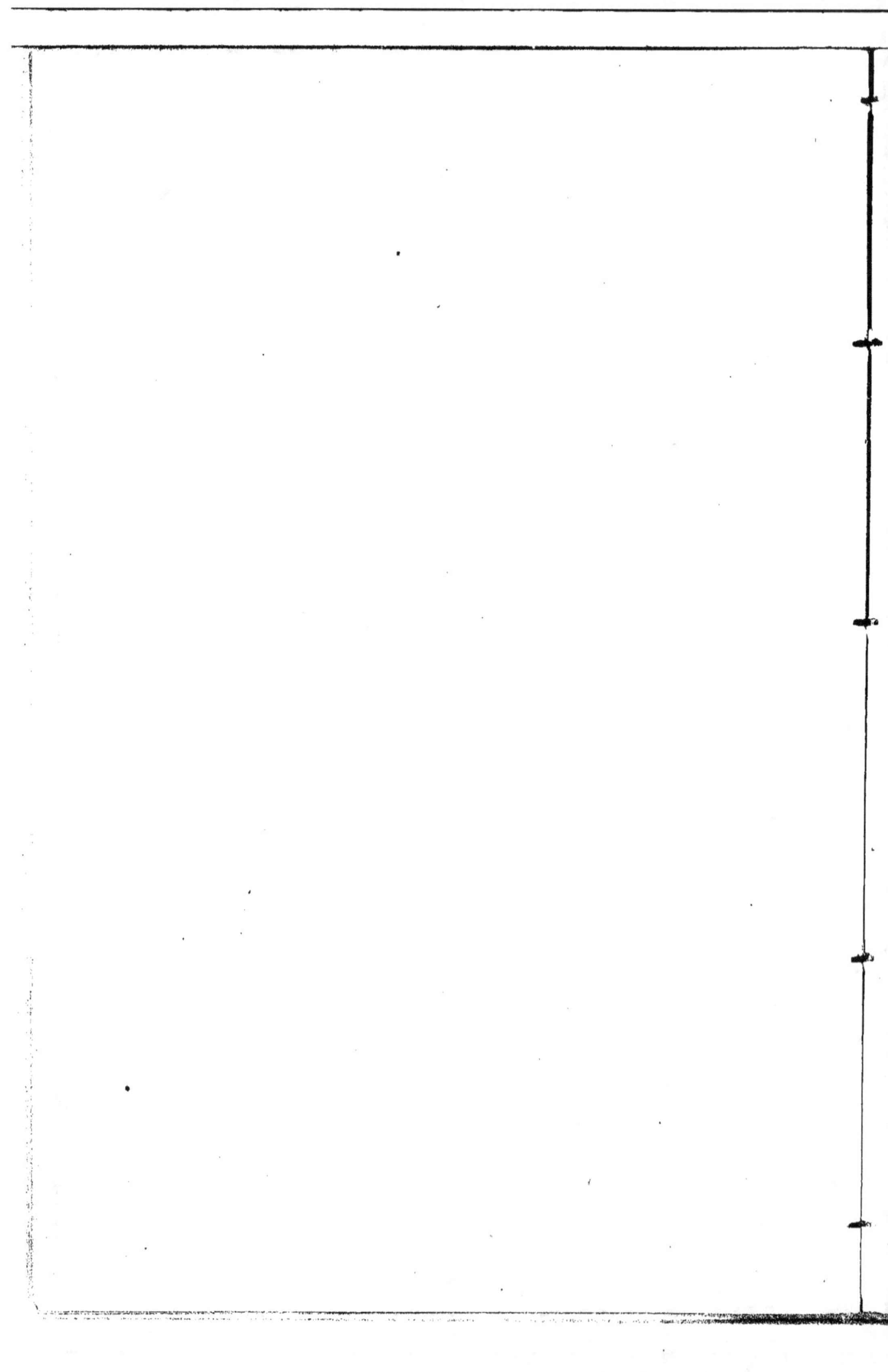

AVANT-PROPOS

Ce serait faire un éloge banal de l'École Française que de reconnaître l'extrême rareté de ses œuvres, et de rappeler les prix élevés qu'elles atteignent lorsqu'elles sont authentiques.

Pour former une collection semblable à celle sur laquelle nous appelons les sympathies de tous les hommes éclairés, de tous les amateurs de notre école nationale, il faudrait de longues années de recherches, d'efforts, de dépenses, diri-

*

gés par un goût plein de zèle et de dé-
vouement; et toutes ces conditions ne
suffiraient peut-être pas sans un con-
cours de circonstances heureuses qui ne
se présentent qu'à de rares intervalles.

En effet, sans vouloir nous appesantir
outre mesure sur l'avantage de posséder
des tableaux inédits, inconnus du com-
merce et même des amateurs, nous ne
pouvons nous dispenser de faire remar-
quer et d'affirmer que *tous* les tableaux
qui composent la collection dont nous
donnons le catalogue ont été commandés
ou achetés directement à leurs auteurs
par M. Lartigue, leur premier possesseur.

Légués à M. le président L..., en re-
connaissance d'un bienfait qu'il ne nous
est pas permis de divulguer, ces tableaux
devinrent la propriété de M. Pallu, de
Poitiers, légataire de ce dernier. Malgré
plusieurs offres brillantes, M. Pallu n'a
pas voulu distraire une seule toile de

cette collection, ni même lui amoindrir son cachet, soit en faisant encadrer richement les œuvres capitales, soit en les débarrassant de leur vieux vernis.

C'est ainsi qu'un des plus délicieux chefs-d'œuvre de FRAGONARD, *l'Amant pressant*, est soumis aux enchères sous son vernis vierge et avec les craquelures produites par le travail du temps. Nous sommes persuadé que le vrai public, avec son intelligence, ne se méprendra pas sur cette apparente détérioration, qu'il nous eût été si facile de dissimuler par un simple rentoilage.

Il en est de même des deux petites têtes, vrais bijoux, dues au pinceau de GREUZE, dont la mise en scène est plus que modeste, mais qui n'en sont pas moins d'une incomparable beauté. Un peu de vernis, de riches bordures leur eussent donné, sans aucun doute, un aspect plus en harmonie avec nos ameublements actuels ; mais elles n'eussent rien ajouté à l'adorable cachet d'innocence qui rayonne dans le regard limpide de la *Jeune Fille ;* au caractère espiègle, à la moue enfantine du *Jeune Garçon.*

A côté de ces chefs-d'œuvre, nous pouvons énumérer une toile de premier ordre par BOILLY, ce peintre si éminemment français ; — deux pages capitales, par LÉPICIÉ ; — des TAUNAY, dont l'exécution ne craint pas le voisinage des flamands les plus précieux ; — des DEMARNE, dont la touche spirituelle et non léchée ne se ressent pas de la dernière manière du maître ; — enfin des œuvres de BILCOQ, de Mlle GÉRARD, de DUVAL, de DUNOUY, de DE VALENCIENNES, de NOËL COYPEL, DIÉTRICY, de J. DE MONI, toutes authentiques, toutes de premier ordre parmi les compositions de ces maîtres si justement appréciés.

Nous le répétons, ce qui distingue cette collection, peu nombreuse par la quantité des tableaux, mais riche par leur mérite, c'est le soin scrupuleux que leurs possesseurs ont mis à la conserver dans son état primitif. Jamais ils n'ont cherché à corriger le travail du temps, et le vernis, en vieillissant sur ces toiles, leur a donné cette teinte dorée qui ajoute encore à la poésie de l'art.

TABLE

DÉSIGNATION

BILCOQ.

I — *Chien gardant du gibier.*

Dans un intérieur où sont placés divers accessoires, on aperçoit un chien gardant un lièvre mort et une perdrix près d'un tonneau sur lequel est placé un sabre.

Les détails sont rendus avec finesse et touchés très-franchement.

Bois. — Haut. 22 cent.; larg. 29 cent.

BOILLY.

2 — *La Mère de famille.*

Après le déjeuner, dans un appartement orné selon la mode de l'époque, une dame est assise tenant entre ses bras sa jeune fille. Près de son fauteuil est un tout jeune garçon qui lui montre un petit oiseau perché sur un de ses doigts. — La jeune fille tient aussi de la main gauche une tourterelle; au fond, près de la porte, une servante tient à la main une assiette de fruits. — Près d'eux est un chat qui semble guetter les oiseaux. Le père de ces jolis enfants n'est pas éloigné, car on aperçoit sur un siége son chapeau et sa canne.

Cette charmante scène d'intérieur est rendue avec beaucoup de vérité.

Toile. — Haut. 44 cent.; larg. 53 cent.

DEMARNE.

3 — *Fête villageoise.*

Là ce sont de joyeux buveurs attablés avec leurs compagnes et en train de se réjouir; derrière eux, on aperçoit

un garde-champêtre causant avec un paysan à cheval; à
gauche est une jeune fille auprès de laquelle sont une
vache, une chèvre et des moutons. A la droite du spectateur et au premier plan, une femme est occupée à prendre
des provisions dans une voiture. On aperçoit au loin, à
gauche, des baraques de bateleurs. — Dans toute cette
scène règne une grande animation.

C'est un bel échantillon de ce maître aimé.

Bois. — Haut. 26 cent.; larg. 30 1/2 cent.

DEMARNE.

4 — *Baigneuses dans un paysage.*

Par une chaude soirée d'été, de jeunes femmes folâtrent
sur les bords d'une rivière tandis que d'autres se livrent
au plaisir du bain.

Ce charmant tableau est bien composé, riche dans ses
détails, d'une couleur brillante et harmonieuse.

Toile. — Haut. 31 cent.; larg. 39 cent.

DIETRICY.

5 — *Le Martyre de saint Laurent.*

Le saint se dévoue à Dieu tandis qu'un soldat, d'après l'ordre de son chef, lui détache sa ceinture. On aperçoit plus loin les apprêts du bûcher. Du ciel, un ange lui apporte la palme du martyre.

Ce tableau rappelle par son exécution le goût italien. On sait avec quelle facilité cet artiste s'assimilait la manière de tous les maîtres qu'il cherchait à imiter.

Il est, du reste, peint avec une grande fermeté de touche et d'une couleur vigoureuse.

Cuivre. — Haut. 35 cent.; larg. 28 cent.

DUNOUY.

6 — *Paysage avec architecture.*

De belles masses d'arbres aux branches touffues et aux pieds desquels sont étendus des fragments d'architecture ornent la gauche du paysage.

Un pâtre et deux femmes, dont l'une est âgée, font la

conversation ; de l'autre côté du tableau sont des monuments en ruines ; plus loin , sur la route poudreuse, on aperçoit une marche de troupeaux. Diverses autres figures ornent ce beau paysage aux tons chauds et harmonieux.

Toile. — Haut. 68 cent. ; larg. 95 cent.

DUNOUY.

7 — *Paysage, site rocheux.*

Un berger conduit des animaux qui viennent de se désaltérer à une rivière. Près des rochers qui baignent dans l'eau, un pêcheur est occupé dans une barque.

Ce tableau a de la similitude avec certains ouvrages de Bruandet.

Bois. — Haut. 23 cent.; larg. 31 cent.

DUVAL.

8 — *Le Repos du soir.*

Un pâtre et sa compagne gardent des animaux dans un pâturage par une chaude soirée d'été.

Les derniers rayons du soleil viennent éclairer d'une façon toute pittoresque les figures de ce gracieux tableau.

Bois. — Haut. 23 cent. ; larg. 31 cent.

H. FRAGONARD.

9 — *L'Amant pressant.*

Dans un salon orné et meublé dans le goût du xviiie siècle, une jeune dame vêtue d'une robe de satin blanc est assise sur un canapé. Elle est si vivement pressée par son galant qu'elle juge indispensable de porter la main au cordon de la sonnette, mais l'audacieux cherche à paralyser ses efforts ; un petit chien semble vouloir défendre sa maîtresse.

Cette gracieuse composition est rendue avec une grande magie de couleur et une extrême vérité dans les mouvements par ce spirituel artiste, qui sut si admirablement personnifier les mœurs de son temps.

De charmants détails d'ameublement complètent ce délicieux tableau, un des chefs-d'œuvre de cet aimable maître.

Toile. — Haut. 37 cent.; larg. 46 cent.

Mlle GÉRARD.

10 — *L'Attente.*

Une jolie dame vêtue d'une robe de satin jaune et d'un fichu à demi détaché de son cou est assise tenant une lettre. Elle paraît réfléchir et désirer la présence de l'auteur du billet.

Ce tableau est d'une couleur vigoureuse qui rappelle Fragonard dont Mlle Gérard fut l'élève bien-aimée.

Bois. — Haut. 24 cent.; larg. 18 1/2 cent.

J.-B. GREUZE (1782).

11 — *Tête de jeune Garçon.*

Ce joli et frais visage de jeune enfant à l'œil limpide, à la figure mutine et décidée, est empreint de cette grâce charmante qui caractérise la première enfance. Dans le désordre de son costume, sa petite robe entr'ouverte laisse apercevoir la naissance de l'épaule gauche et une partie de sa poitrine aux tons fins et délicats. — On sait avec quel charme inexprimable Greuze savait répandre le naturel dans ses délicieuses études prises sur le fait.

On lui a reproché quelquefois de la lourdeur dans l'exécution : là, elle est magique ; car cette chevelure, d'un blond ardent et soyeux, semble prête à se soulever au premier souffle du vent ; cette bouche mignonne qui respire est fraîche comme un bouton de rose ; les ailes du nez sont d'une délicatesse surprenante, les chairs du visage d'une morbidesse où Greuze reste sans rival dans l'école française. En un mot, nous le disons avec bonheur, heureux l'amateur qui pourra enrichir sa collection de ce délicieux joyau ; car, en toute sincérité, nous ne croyons pas que ce grand artiste se soit jamais élevé à une telle force d'exécution comme naïveté dans l'expression et délicatesse dans la touche.

Toile. — Haut. 39 cent. ; larg. 31 cent.

J.-B. GREUZE (1781).

12 — *Tête de jeune Fille.*

Elle est assise et laisse voir ses blanches épaules aux tons nacrés ; la tête est vue de trois quarts. Le regard est humide, la bouche ravissante et l'expression remplie de rêverie. La forme du nez est d'une extrême délicatesse, chose rare chez ce maître qui aimait le plus souvent à choisir pour modèles des jeunes villageoises. Un mantelet noir fait ressortir habilement les tons si heureux des chairs ; un fichu léger orne son cou, ainsi qu'une gaze rehausse les tons de ses cheveux. Cette tête est peinte dans une autre gamme de tons que la précédente, mais parfaitement appropriée à l'âge de la jeune fille. Elle est d'une admirable conservation, ainsi que celle du petit garçon, ce qui n'est pas chose commune à rencontrer, aujourd'hui qu'on se dispute si chaleureusement les œuvres de cet excellent artiste.

Toile. — Haut. 39 cent. ; larg. 31 cent.

LÉPICIÉ.

13 — *La jeune Mère.*

Une jeune paysanne tient sa petite fille sur ses genoux et lui donne une bouillie à manger.

C'est une charmante scène, pleine de naturel et de naïveté villageoise. Les vêtements et les chairs sont peints avec une grande science de clair-obscur et d'un bel empâtement.

C'est sans contredit un des excellents tableaux de cet habile artiste, qui s'est élevé dans cet œuvre à la hauteur de Chardin.

Toile. — Haut. 44 cent.; larg. 36 cent.

LÉPICIÉ.

14 — *L'Amour paternel.*

Il semblerait que le peintre a eu une pensée malicieuse dans l'interprétation de son sujet.

Le père tient bien son petit garçon appuyé entre ses jambes d'une façon affectueuse, mais sans toutefois perdre de vue un verre rempli de vin placé près de lui et qu'il tient à la main, paraissant vouloir nous faire comprendre que chez le paysan l'amour de sa progéniture n'est pas aussi exclusif que chez la mère.

Avons-nous mal interprété l'artiste? Nous ne le croyons pas, mais nous nous en rapporterons au tact délicat du public pour décider de cette question.

On retrouve dans cette toile toutes les qualités de pinceau du précédent.

Toile. — Haut. 44 cent.; larg. 36 cent.

Louis DE MONI (1753).

15 — *La Cuisinière hollandaise.*

Une jeune femme écoute les propos galants d'un marchand de gibier, tout en épluchant ses légumes; à travers la fenêtre près de laquelle elle est placée, on aperçoit un paysage. Ce tableau, d'une bonne exécution, est très-soigné dans ses détails et a du rapport avec Metzu par la manière dont il est composé et exécuté.

Bois. — Haut. 38 1/2 cent. ; larg. 31 cent.

TAUNAY.

16 — *Une Halte à la fontaine*

Un paysan italien, enveloppé d'un manteau rouge, apporte à rafraîchir à une jeune femme montée sur un mulet, tandis que des bergers font désaltérer leurs bestiaux à une fontaine. Nous pensons qu'il est impossible de rencontrer une plus grande suavité de tons unie à une pareille vigueur de touche.

C'est un des plus charmants tableaux de ce maître qui nous soient passés sous les yeux.

Toile. — Haut. 23 cent.; larg. 32 cent.

TAUNAY.

17 — *Le Coup de vent.*

Des pâtres conduisant leurs troupeaux sont surpris par un coup de vent. Dans l'ombre, un cavalier plie sous l'ouragan; son chapeau est enlevé par la bourrasque. Les animaux craintifs flairent l'horizon avec inquiétude. Dans une éclaircie on aperçoit les bergers effrayés.

Il y a dans cette belle composition un charme secret, une entente complète de la scène et de très-beaux effets produits avec une grande sobriété de moyens.

En un mot, ce petit tableau, d'une exécution moelleuse et légère et d'un excellent dessin, est digne en tous points du pinceau de Fragonard.

Toile. — Haut. 23 cent.; larg. 32 cent.

P.-H. DE VALENCIENNES.

18 — *Effet de Soleil couchant.*

Au premier plan on aperçoit une rivière traversée par un pont. A la droite du spectateur sont des montagnes éclairées par les rayons d'un soleil couchant. Au milieu du tableau se dessine un bouquet d'arbres légers. Sur la gauche, de grandes masses de rochers privés de lumière servent de repoussoir. Au fond se perd une chaîne de montagnes vaporeuses.

Ce joli paysage, italien par le site, rappelle, par son ordonnance et sa chaude harmonie, les brillantes qualités de Both d'Italie.

Bois. — Haut. 37 cent.; larg. 48 cent.

PARIS. — IMPRIMERIE DE J. CLAYE, RUE SAINT-BENOIT, 7.

RED. :

18

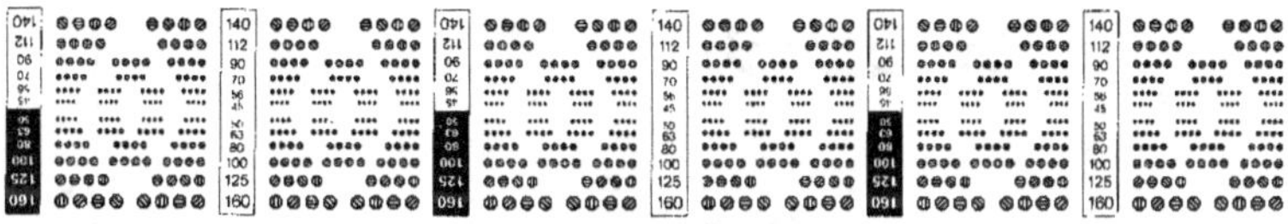

MIRE ISO N° 1
NF Z 43-007
AFNOR
Cedex 7 - 92080 PARIS-LA-DÉFENSE

379.89.70
graphicom

0 1 2 3 4 5 6 7 8 9 10